수선경

허담 新무협 판타지 소설

FANTASTIC ORIENTAL HEROES

수선경 7

허담 新무협 판타지 소설

초판 1쇄 찍은 날 § 2014년 1월 2일
초판 1쇄 펴낸 날 § 2014년 1월 8일

지은이 § 허담
펴낸이 § 서경석

편집부장 § 권태완
편집책임 § 어정원

펴낸곳 § 도서출판 청어람
등록번호 § 제1081-1-89호
등록일자 § 1999. 5. 31
어람번호 § 제2-2445호

주소 § 경기도 부천시 원미구 심곡2동 163-2 서경B/D 3F (우) 420-822
전화 § 032-656-4452 팩스 § 032-656-4453
http://www.chungeoram.com
E-mail § chungeorambook@daum.net

ISBN 978-89-251-3646-2 04810
ISBN 978-89-251-3391-1 (세트)

허담 新무협 판타지 소설

FANTASTIC ORIENTAL HEROES

수선경

水仙經

[혈시의 난]

청
어
람
도서출판

目次

第一章 모든 것의 시작

수선경

세 사람이 어두운 밤길을 걷고 있다. 앞선 노인은 무엇이 즐거운지 줄곧 웃는 낯이고 반대로 뒤따르는 중년의 일남일녀는 긴장한 기색이 역력하다.

　"세상은 참 묘해."

　문득 노인이 입을 열었다.

　"무슨 말씀이세요?"

　뒤따르던 여인이 물었다.

　"혈시의 난이란 것 말이다. 본래 혈시라는 물건은 혈막의 최대 잔치랄 수 있는 혼돈시에 참여할 자들의 증표로 만든 물건인데 그것이 스스로 마기(魔氣)를 일으켜 이런 난(亂)을 초래했으니 말이다."

"그게 어디 혈시가 만든 난인가요? 사람이 만든 난이지."

"후후후, 연아. 넌 하나는 알고 둘은 모르는구나."

"제가 뭘 모른다는 거죠?"

되묻는 여인은 홍연이다. 앞서 길을 가며 혈시의 난을 논하는 자는 천살문주 홍암, 이젠 흑룡문의 주인이 된 바로 그였다.

"사람들은 혈시의 난을 사람들의 욕심이 만든 혈사라고 생각하지. 그러나 그건 반은 맞고 반은 틀린 말이다. 본래 사람은 누구나 마음속에 욕심을 품고 있어. 그러나 보통의 경우는 그 욕심을 억누르며 평생을 살아간다. 내가 공맹의 도를 논할 바는 아니니 그 정확한 이유를 설명할 수는 없다. 하지만 한 가지 확실한 것은 그 억눌린 욕망이 표출되는 게 보통 어떤 계기를 만났을 때라는 사실이다."

"혈시가 그렇다는 건가요?"

"그렇다. 만약 혈시가 존재하지 않는다면 혈시의 난은 없었을지도 모른다. 그저 혼돈시에 참여할 자격을 갖춘 자의 이름만 혼돈록에 기록해 두는 정도라면 사실 혈시의 난은 없었을 거야. 그런데… 이 물건……."

홍암이 품속에서 혈시를 꺼내 든다. 다른 사람은 목함에 중히 보관하는 혈시를 홍암은 아무렇지도 않게 가지고 다니고 있었다.

"이 물건이 만들어지니까 사람들은 마치 이 물건이 자신에게 대단한 권세를 줄 것처럼 생각해 혈사를 일으키는 것이다. 사실 혈시를 들고 혼돈시에 참여한다고 해서 혈시의 주인에게 얼마나 큰 이득이 있겠느냐? 이득은 오직 혈막의 주인들만이 차지하는 것이지. 나머지 혈시의 주인들이야 주인이 될 리도 없지 않느냐?"

홍암의 말에 홍연이 고개를 끄덕인다.

"그건 그렇군요. 혼돈시에 참여한다고 엄청난 권력이 생기거나 하는 것은 아니죠."

"그래. 그래서 이 혈시가 요물인 게야. 언제부터인가 사람들은 이 혈시를 통해 혼돈시에 참여한다는 사실보다 이 혈시 자체를 중요하게 생각하게 되었거든. 이 혈시가 자신의 명예를, 권세를, 그리고 향후의 부귀영화를 보장해 줄 신묘한 물건이라고 생각들 하는 거지. 그러나 과연 그럴까? 우스운 일이지. 혈시의 주인으로 혼돈시에 참여한 자들 역시 혈막오류 수장들의 한낱 수하에 지나지 않을 뿐이야. 주인이 칼을 내밀면 목을 들이밀어야 하는 신세는 변함이 없지. 그러니… 혈시는 기보가 아니라 마물이다."

홍암이 눈에서 한 줄기 광망이 흐른다.

"듣고 보니 문주님의 말씀이 지당하신 것 같습니다."

문득 홍연과 함께 홍암이 뒤를 따르고 있던 중년 사내가 말했다.

"묘당, 네 생각을 말해봐라. 이 간단한 이치를 세상 사람들이 모를까?"

"……."

중년 사내가 대답을 하지 못한다. 그러자 홍암이 머리를 저

으며 다시 입을 열었다.

"아니야. 혈시를 쫓는 자들도 이 간단한 이치는 모두 알고 있어. 혈시가 기실은 그렇게 대단한 물건이 아니라는 것을. 그럼에도 그들은 혈시를 쫓는다. 이유는 간단해. 그들이 이 혈시라는 물건이 흘리는 마기에 취했기 때문이다. 단 음식이 몸에 좋지 않다는 것을 알면서도 사람은 단 음식을 찾고, 도박이 이득을 줄 수 없음이 분명함에도 도박꾼은 투전판을 찾아든다. 마찬가지로 혈막의 고수들에게 혈시는 마치 끊을 수 없는 마약과 같은 것이지. 별 대단한 물건도 아닌데 말이야. 이렇게 된 이유는 혈막의 주인들이 오래전부터 혈시를 절대적인 가치를 지닌 물건으로 생각하도록 혈막의 무인들을 현혹했기 때문이지. 그래서 혈막의 무인들은 본능적으로 혈시를 탐하게 되었던 것이다. 이성보다 본능이 앞서게 만들었단 거지."

"승자가 없는 싸움이란 건가요?"

홍연이 물었다.

"승자야 있지."

"누가 승자죠?"

"오류의 주인들이 진정한 승자지. 그들은 사실 혈시의 난을 통해 자신들의 권위를 높이고 혈막에 대한 장악력을 강화한다. 간혹 위협이 되는 인물은 혈시의 난을 빙자해 제거하기도 하지. 혈시가 대단한 물건이 되어갈수록 그 혈시를 만들어낸 혈막오류의 주인들도 감히 넘볼 수 없는 권위를 지니게 되는 것이다. 마치… 먹을 수 없는 뼈다귀를 던져주고 사냥개를 부리는 사냥꾼처럼 말이다."

"우리 신세를 너무 비참하게 말씀하시네요."

홍연이 비록 홍암의 말이 사실일지라도 그 현실을 받아들이기는 싫다는 듯 말했다.

"나쁜 것만은 아니니까."

"그건 또 무슨 말씀이세요?"

"어떤 의도에서 만들어졌든 혼란은 새로운 힘을 만들어내는 바탕이 된단다. 혈막오류의 이 단단한 아성을 흔들려면 계기가 필요한데 혈시의 난은 그 계기가 될 수 있다. 혈막의 주인들도 그 위험성이야 알겠지만 그들이 부리는 사냥개들을 충분히 통제할 자신이 있기에 이런 혼란을 조장하는 거지. 그렇지만 그들이라고 모든 사람의 잠재력을 알고 있는 것은 아니지."

"총사와 아버지 같은 분이 있다는 거군요."

"하하하, 맞아. 우리에겐 일생일대의 기회인 거지."

홍암이 호탕한 웃음을 터뜨린다. 사냥개가 아니라 사냥꾼이 되고자 하는 자의 욕망이 드러나는 웃음이기도 했다.

"그런데 갑자기 왜 이런 말씀을 하시는 거죠?"

"음, 잠시 딴 이야기를 했다만, 그 혈시와 같은 물건이 우리 천살문에도 있다."

홍암의 입에서 천살문이라는 말이 흘러나오자 홍연과 묘당이라 불린 사내가 놀란 눈으로 홍암을 바라본다. 그도 그럴 것이 홍암은 천살문을 폐하고 흑룡문에 든 후 이름까지 홍화적으로 바꾸며 천살문의 과거를 덮어버리려 했기 때문이었다.
그가 천살문을 떠난 이후 입에 그 이름을 올린 것은 아마도 손
으로 꼽을 수 있을 터였다.

"이 물건을 기억하느냐?"

홍암이 품속에서 묵빛 채찍을 꺼내 든다. 길이는 두어 자로
짧아 마소를 몰 때나 쓸까, 병기로는 별반 효용이 없어 보인다.

"그, 그것은……."

그런데 홍암이 꺼내 든 채찍을 본 묘당의 얼굴에 문득 두려
움이 깃든다.

"묘당 너에게도 이 물건은 공포지?"

홍암이 한줄기 미소를 지으며 묻는다. 묘당은 천살문에서
염왕사자라 불렸던 자로 천살칠객의 막내였다. 그는 천살문의
시절부터 홍암이 각별한 정성을 쏟아 키워낸 살수였다. 그래
서 혹자는 타유가 떠나간 이후 그를 홍연의 짝으로 생각하는
사람도 있었고, 홍암 역시 그런 사람들의 추측을 부인하지 않
았다.

홍암이 심혈을 기울여 키운 살수이니 그의 능력 또한 칠객
의 다른 살수들을 능가했다. 비록 다른 칠객들에 비해 나이가
십여 세나 어렸지만 오히려 무공에 있어서는 그들을 능가하는
면이 있었다. 그런 그가 두려움을 느낀다는 것은 홍암의 채찍
이 아주 특별한 물건이란 의미일 터였다.

"그걸 지금까지 가지고 계실 줄을 몰랐습니다."

묘당이 어두운 표정으로 말했다.

"이 물건은… 천살문에서 키워낸 살수들에게는 꽤 큰 의미가 있는 물건이지."

"기억하고 싶지 않은 물건이지요."

묘당이 말했다.

"그렇겠지. 이 채찍이 천살문의 살수들에게는 그 무엇보다도 무서웠을 테니까."

"차라리 죽기를 소원할 때도 있었습니다. 더군다나 마곡에서 생활하던 형제들은 모두 어렸으니 문주님의 채찍이 더욱 공포스러웠지요."

"그 공포심이 너희를 나의 사람으로 만들었다. 생각해 보거라. 살수로 성장한 너희가 날 떠나지 못하는 이유가 무엇인지. 그건 바로 그 시절에 갖게 된 나에 대한 근원적이 공포심 때문이다. 살수의 문은 대체로 그러한 방법으로 유지되지. 그래서 어린아이들을 문도로 들이는 것이고. 가혹하지만 확실한 방법인 거다. 그런데… 어떻게 생각하느냐? 타유도 여전히 이 물건에 대해 공포심을 느낄까?"

"아버지!"

홍연이 놀란 눈으로 홍암을 본다.

"왜, 그러느냐?"

"그를 다시 힘으로 억압하려 하시나요? 그건 위험한 일이에요. 그는 밀문의 삼왕이 된 사람이에요."

"후후후, 나도 사실 궁금하단다. 밀문 삼왕이 된 그가 어린 시절 마곡에서의 공포를 극복했을까 하고 말이야. 후후후!"

홍암의 웃음에 홍연은 소름끼치는 두려움을 느꼈다. 그건 홍암에 대한 두려움이라기보다는 인간에 대한 두려움이었다.

*   *   *

타유가 먼 곳에서 들리는 종소리를 듣고 자리를 털고 일어났다. 그를 만나러 가야 할 시간이었다. 그의 사람이 찾아온 것은 삼 일 전이었다. 역시 반갑기는 한 얼굴이었다. 사후 공령, 천살칠객의 일인으로 과거 그의 정인 추혈랑 대승과 함께 난주에서 타유를 함정에 끌어들였던 여인이 홍암의 전언을 가지고 그를 찾아왔었다.

이제는 호호백발에 늙은 노파가 된 공령은 타유에게 다시 강호를 떠나 멀리 도망가는 것이 어떻겠냐는 말을 했었다. 비록 그녀 자신은 홍암의 그늘에서 벗어나지 못했지만 그래도 타유에게는 일말의 정이 있는 공령이었다.

그러나 타유는 일언지하에 그녀의 말을 거절했다. 가끔 세상에는 피할 수 없는 그물이 있는 법이다. 그런 경우 그 그물을 벗어나는 방법은 오직 하나 그물을 찢는 것이라는 사실을 누구보다 잘 알고 있는 타유였다.

"같이 가세요."

타유가 방문을 나서자 문 밖에서 그를 기다리고 있던 청풍이 재빨리 다가서며 말했다.

"혼자 간다."

"아버지!"

"걱정 마라. 난 타유다!"

"그러나… 아버지는 그를 두려워하시잖아요?"

청풍이 어렵게 말했다. 본능적인 두려움을 느끼는 적에게는 오 할의 힘도 쓰기 어렵다는 것을 청풍은 알고 있다. 그래서 살수들은 목표물을 죽이기 전 그의 주위를 돌며 공포심을 만들어내기도 한다.

"두렵지. 지금도 가슴이 뛰는구나."

"그러니 함께 가요."

"아니다. 그래도 혼자 가야 한다. 널… 그들에게 노출시키는 것은 너무 위험해."

타유가 고개를 저었다

"어차피 그도 아버지께 아들이 있다는 것은 알고 있을 거예요."

"그래도 널 그와 만나게 하고 싶지는 않다. 그러니 기다려라."

"아버지!"

청풍이 화가 난 표정으로 소리쳤다. 그러자 타유가 미소를 지으며 말했다.

"걱정 마라. 나에게도 생각이 있다. 살수로서의 나는 영원히 그의 그늘을 벗어나지 못할지도 모르지. 내 가슴이 그걸 말해주고 있고. 그러나 난 오늘 그에게 살수가 아닌 무인으로서의 나를 보여주려 한다. 무공으로 논하자면… 글쎄, 그가 나의 적수가 될 수 있을까? 이 자신감으로 살수로서의 두려움을 극복해 보련다. 그리고 이놈이 내게 힘이 될 거야."

타유가 단천마검을 들어올렸다.

"그를 베려고요?"

"내게 그를 벨 기회가 있다면 오히려 그를 살려줄 것이다. 그를 벨 수 있다는 것은 그에 대한 공포심을 극복했다는 의미가 되니까."

"그럼 단천마검은 어디에 쓰시려고요?"

"단천마검의 날카로움이 구명의 수단이 될 수도 있겠지만 내가 의지하고자 하는 것은 이놈의 기운이다. 천하에서 가장 차가운 이놈의 살기가 나로 하여금 공포심에 흔들려 정신이 혼미해 지는 일을 막아줄 것이다. 그동안 그가 날 만나러 올 것이란 생각을 하면서 난 줄곧 그를 상대할 방법을 찾았다. 그러다가 이놈의 기운이 그에 대한 공포심을 극복하게 해줄 거란 생각을 하게 되었지. 그래서 굳이 이놈을 가져가는 것이야. 그런데 그러고 보면 과연 문주가 대단한 자이긴 해. 단천마검의 기운까지 빌어야 할 정도니."

"아버지……."

"걱정 마라. 널 두고 죽진 않아. 다녀오마!"

타유가 청풍의 어깨를 가만히 두드린 후 홀연히 그 자리에서 사라졌다. 청풍이 시선을 돌려 타유를 찾았을 때 그는 이미 앞 건물의 지붕 위를 날아가고 있었다.

"그래도 절대 아버지 혼자 보낼 수는 없어요."

청풍이 굳은 표정을 짓더니 이내 신형을 날렸다.

끼루룩!

밤새 소리가 유령처럼 숲을 떠돈다. 달빛도 거의 없었다. 그나마 동정호가 초승달의 미약한 빛을 반사해 만들어내는 우울한 광채만이 사물을 분간할 수 있게 한다.

타유는 천천히 걸음을 옮겨 상원에서 십여 리 떨어진 작은 망루로 향했다. 강으로부터 이십여 장 떨어진 작은 암벽 위에 세워진 망루는 낮이라면 제법 많은 시인묵객들이 몰려와 풍류를 읊겠지만 오늘처럼 스산한 밤에는 취객 하나 보이지 않았다. .

타유는 몸을 숨기거나 혹은 귀영팔보의 신법을 사용하지 않고 뚜벅뚜벅 망루를 향해 다가갔다. 홍암은 타유에게 세상에서 가장 위험한 자였지만, 타유는 그에게 살수로서의 자신이 아닌 무인으로서의 그를 보여주고 싶었다.

그리고 그 사실을 홍암이 인정할 때 아마도 둘 사이는 큰 변화를 맞을 것이다. 무공에 관한 한 타유는 더 이상 홍암을 두려워하지 않기 때문이었다.

투툭!

타유의 발끝에 채인 돌멩이가 절벽을 따라 떨어져 내려 호수 속으로 빠져들었다. 그러나 워낙 먼 거리라 물가의 소리는 타유의 귀에 들려오지 않았다. 그래서 타유는 그 호수 위에 청풍이 있음도 알지 못했다.

한순간 타유가 걸음을 멈췄다. 그의 좌측 숲에서 살수의 기척이 느껴진다. 본능적으로 그 기운에 반응을 하려다 말고 타유가 느리게 시선을 숲으로 돌리며 물었다.

　"누구요?"

　오늘 이 자리에 홍암을 따라 나온 자라면 필시 천살문의 살수일 테니 당연히 타유도 아는 얼굴이리라.

　"오랜만에 보는군."

　타유의 말에 음울한 대답이 들려온다. 그러고는 거짓말처럼 타유의 눈앞에 한 사내가 서 있었다. 홍암을 호위해 온 염왕사자 묘당이다.

　"묘 사형이었구려."

　"사형은 무슨. 살수문에 사승의 관계가 있었던가?"

　묘당은 타유에 비해 대여섯 살 위였다. 그러나 천살문에 들어온 시기가 타유에 비해 십여 년 빨랐다. 그래서 타유는 예전부터 그를 볼 때마다 칠객이라는 별호보다 사형이라는 호칭을 주로 사용했었다.

　물론 그때에도 묘당은 자신을 사형으로 부르는 타유의 행동을 그리 달가워하지 않았었는데 아마도 그 호칭이 싫었다기보다는 타유가 홍연의 정혼자이기 때문이었을 것이다.

　"잘 지내셨소?"

　타유가 빙그레 미소를 지으며 물었다. 그러자 묘당의 표정이 묘하게 변했다. 평생 본 적이 없는 사람을 본 표정이다.

　"자넨… 많이 변했군."

"세월이 이십 년이오."

타유가 대답했다.

"그렇게 되었나? 그렇군. 벌써 이십 년이 넘었군. 하긴 자네가 밀문의 삼왕이 되어 있으니 어찌 세월이 아니 흘렀다고 할 것인가?"

묘당이 조금은 감상적으로 말했다. 천살문의 살수일 때는 볼 수 없었던 모습니다.

"사형도 변하셨구려."

"음…… . 그런가? 우리 모두 변한 건가?"

묘당이 고개를 갸웃한다.

"어디 계시오?"

타유가 홍암을 찾았다.

"누각에 계시네."

묘당이 어둠 속에서 괴물처럼 서 있는 누각을 턱으로 가리켰다. 그러자 타유가 고개를 끄덕이고는 다시 누각을 향해 나아가기 시작했다. 그러자 등 뒤에서 묘당이 물었다.

"두렵지 않은가?"

"뭐가 말이오?"

타유가 뒤를 돌아보며 물었다.

"내가 자네의 등 뒤에서 칼을 꽂으며 어찌할 텐가?"

"그러려면 벌써 하지 않으셨겠소? 이제 와서야 누가 사형의 검에 죽겠소."

순간 묘당의 눈에서 한 차례 불꽃이 인다. 기습이 아니라면 자신을 당해낼 수 없을 거란 타유의 말에 호승심을 넘어 분노가 인 것이다.

"자네… 오만해지기도 했군."

묘당의 말에 타유가 고개를 젓는다.

"살법은 몰라도 무공은 천살문의 시절부터 내가 사형보다 낫지 않았소?"

"그랬나?"

"기억이 나지 않으신다면 한 번 시험을 해보셔도 상관없소만, 나로서는 조용히 문주를 뵙고 싶구려."

타유의 말에 묘당이 타는 듯한 눈으로 타유를 노려보다 고개를 끄덕였다.

"가보게. 다시 기회가 있겠지."

"나중에 봅시다."

타유가 덤덤히 대답을 하고는 다시 누각을 향해 걸음을 옮겼다.

"변했어, 정말 변했어. 문주가 과연 그를 다룰 수 있을까?"

묘당이 고개를 갸웃했다.

타유가 다시 걸음을 멈췄다. 고개를 들어 누각 위를 보니 한 노인이 뒷짐을 진 채 어둠에 잠긴 동정호를 내려다보고 서 있다. 한 번 보면 잊을 수 없는 차가운 기운을 흘리는 것 같기도 하고, 또 어찌 보면 사람이 아니라 허수아비를 세워놓은 듯 허허롭기도 하다.

'기도는 여전하군.'

이 허허로운 기도야말로 살수로서 홍암의 최고 무기였다. 그의 이 공허한 기도는 그의 존재를 사람들의 육감으로부터 지울 뿐 아니라, 싸움에 임하면 상대의 방심을 이끌어내는 데 탁월한 효과가 있었다.

타유가 다시 걸음을 옮겼다. 그리고 이번에는 단숨에 누각 위로 올라갔다.

그러나 여전히 홍암은 뒤를 돌아보지 않는다. 타유가 그에게 말을 걸려다 말고 슬쩍 그의 곁으로 다가가 흉내 내듯 동정호를 내려다보았다. 어둠에 싸인 동정호도 깊은 잠에 빠져 있다. 보이는 것이라곤 그저 희미한 물빛뿐이다.

타유는 입을 열지 않았다. 적어도 이번만큼은 홍암이 먼저 움직이게 할 생각이었다. 이미 홍암과의 싸움은 시작되었던 것이다.

두 사람은 무던히도 시간을 흘려보냈다. 누구도 먼저 입을 열지 않으니 멀리서 두 사람의 모습을 지켜보고 있던 묘당과 홍연이 먼저 지칠 지경이었다. 그러나 결국 둘 중 하나는 반드시 입을 열어야 하는 상황. 아주 오랜만에, 아니 어쩌면 그를 만난 이후 처음으로 홍암이 먼저 입을 열었다.

"늘었구나."

"문주께서도 예전과는 다르시군요."

타유가 대답했다. 얼마나 기다렸던 홍암의 말인가. 이제 그도 자신이 예전의 살수가 아님을 깨닫고 있으리라.

"이십 년이면 강산이 두 번 변할 시간이니까. 세상에 영원한 것은 없는 법 아니냐? 살수 타유가 밀문 삼왕 우검이 될 수도 있고 말이야."

탁!

한순간 홍암이 오른손에 든 물건으로 맞은편 손바닥을 쳤다. 그러자 날카로운 타격음이 일어난다. 타유의 시선이 무의식적으로 홍암의 손에 들린 물건으로 향한다. 순간 타유의 가슴 깊은 곳에서 돌덩이가 떨어지는 듯한 소리가 들려왔다.

홍암이 들고 있는 것은 하나의 채찍, 검은 빛이 도는 그 채찍은 마곡에서 살수의 수련을 겪은 천살문도들에게 죽음보다 깊은 공포를 느끼게 하는 물건이다.

그 채찍이 천살문주의 손에 들리는 순간 소년 살수들은 살이 갈리고 피가 마르는 고통에 빠졌었다. 뼈가 드러날 정도로 채찍질을 당한 후에는 물 한 모금 마실 수 없는 토옥에 갇혀 밤낮을 모른 채 수일을 지내기 일쑤였다.

채찍은 중간 부위부터 세 갈래로 갈라져 있고, 그 끝에 작은 쇠 징을 박아 채찍이 휘둘러지거나 혹은 가볍게 움직일 때마다 소름끼치는 소리를 냈는데 그 소리가 소년 살수들의 귀에 들려오면 소년들은 공포에 질려 숨도 제대로 쉬지 못했던 것이다.

그래서 마곡에서 성장한 천살문의 살수들에게 홍암이 들고 있는 채찍은 홍암 그 자신보다도 더 강렬한 원초적인 공포의 쐐기와도 같은 것이었다.

쿡!

한순간 타유가 단천마검의 손잡이를 잡아 살짝 검집에서 검을 뽑았다. 그러자 검신이 검집을 벗어나지도 않았는데도 싸늘한 단천마검의 기운이 타유의 몸속으로 들어오기 시작했다.

그러자 신기하게도 홍암이 채찍을 통해 만들어낸 공포가 그대로 남아 있음에도 불구하고 그 공포를 견뎌내고, 그 공포가 주는 혼란으로부터 온전히 정신을 차릴 수 있는 힘이 타유에게 생겨났다.

'그저 채찍일 뿐이지.'

타유가 스스로 마음을 다스린다. 단천마검의 이 싸늘한 기운은 천하의 그 어떤 기운보다도 날카롭고 강렬해서 채찍이 주는 공포를 한순간에 작은 일로 만들어 버리는 것이었다.

"아직도 그 물건을 가지고 계시군요."

"웅? 손에 익어서……."

홍암의 눈빛이 살짝 흔들린다. 채찍을 본 타유의 반응이 그가 예상했던 것과는 다르기 때문이었다. 타유의 말투와 눈빛에서 공포의 기운을 찾아볼 수 없다. 아니, 공포는 아니더라도 작은 불안의 기운조차 느껴지지 않는다.

물론 공포를 억누르거나 불안을 감추고 있을 수도 있다. 그러나 홍암은 그렇게 감춰진 상대의 미세한 감정들조차도 알아차릴 수 있는 눈을 가지고 있다고 자부하는 사람이었다.

그런 그가 타유의 불안감을 느끼지 못했으니 어쩌면 타유가 어린 시절 마곡에서 경험했던 공포의 기억을 온전히 떨쳐냈을 수도 있다는 생각이 들 수밖에 없었다.

"그 물건은 지금 보아도 무섭군요."

타유가 말했다. 도저히 내심을 가늠할 수 없는 말이다.

"그러느냐?"

홍암이 슬쩍 타유를 떠본다.

"사람의 기억이란 참 질긴 거지요. 특히나 머리가 아닌 심장에 새겨진 기억이란……. 문주께서 그 물건을 들고 계시니 그 시절의 공포가 새삼스레 느껴지는군요. 무서운 물건이었지요."

"음……. 별로 두려워하지 않는 것 같은데?"

"하하, 감정이야 남아 있지만 지금 이 나이에 매 맞는 것을 두려워할 수는 없지요. 뭐, 두렵다는 것이 아니라 불쾌한 감정이라고나 할까. 그렇군요."

"불쾌했다면 미안하군."

홍암이 여전히 날카롭게 타유를 살피며 말했다. 그러자 타유가 고개를 저었다.

"아닙니다. 본래 나이가 들수록 과거의 물건이 소중해지니까요. 사람도 그렇고, 물건도 그렇고……."

순간 홍암의 눈빛이 차가워진다.

"내가 늙었다는 말이군."

"문주… 문주의 나이가 올해로 일흔이십니다."

"무림에선 그리 많은 나이도 아니지. 강호의 역사에서 대업을 성취한 자들은 대부분 백수를 넘겼지."

"어떤 대업을 꿈꾸시는 겁니까?"

타유가 불쑥 물었다. 순간 홍암의 볼이 한차례 씰룩인다. 마치 기습을 당한 것 같은 모습이다. 대화의 주도권이 한순간에 타유에게로 넘어간 듯한 상황이다. 이는 결코 홍암이 원했던 상황이 아니다.

"내가 흑룡문의 주인이란 것을 아느냐?"

"알고 있지요."

"그렇겠지. 밀문 삼왕이 되었으니 당연히 내 행적을 알아봤겠지."

홍암이 고개를 끄덕였다. 그러자 타유가 다시 물었다.

"혈막의 주인이 되시고 싶으신 겁니까?"

순간 홍암의 흠칫한다. 자신의 속내를 모두 드러낸 듯한 느낌이 드는 모양이었다.

"그럴 수야 있나?"

홍암이 짐짓 고개를 저었다. 그러자 타유가 미소를 지으며 대답했다.

"문주시라면 불가능한 일도 아니지요."

"혈막은 거대한 세력이야. 나 같은 살수 출신으로서야 어디 욕심낼 수 있던가."

"과거의 천살문에겐 흑룡문도 그러한 존재였겠지요. 그런데 지금 문주께서는 흑룡문을 가지고 계시지 않습니까? 그러니 앞으로 혈막의 주인이 되지 말라는 법도 없지요. 그리고 적어도 문주시라면 그 정도 야망은 가지고 계실 거라 생각합니다."

"음…… . 정말 많이 변했군."

홍암이 침음성을 흘린다. 과거의 타유는 세상사에 별 관심
없는 살수였다. 그런데 이십여 년 만에 만난 타유의 입에서 강
호의 권세에 대한 이야기가 흘러나오니 홍암으로선 생경할 수
밖에 없었다.

"과거의 저는 더 이상 없습니다."

타유가 경고하듯 말했다. 그러자 홍암이 살짝 아미를 모았
다가 입을 열었다.

"그러나 과거의 인연이 사라지는 것은 아니지."

"그렇기도 하군요. 이렇게 문주를 만나고 있으니."

"내 마음이 혈막에 있다면 어찌할 텐가?"

홍암이 물었다. 자신의 야심을 굳이 숨길 필요가 없다고 생
각한 모양이었다.

"축하해 드려야지요. 그리고 당연히 그래야 한다고 생각합
니다. 한때 나 타유의 생살여탈권을 가지고 계셨던 분인데 겨
우 흑룡문에 만족해서야 되겠습니까?"

"날 막을 거냐?"

"음…… . 글쎄요."

타유가 고개를 갸웃한다. 두 사람의 악연을 생각하면 당연
히 타유가 홍암의 야심이 이뤄지도록 두고 볼 상황은 아니었
다. 더군다나 그는 밀문 삼왕이 아닌가. 홍암이 혈막의 주인이
된다는 것은 곧 밀문의 패배를 의미하는 것이다.

"그럼 달리 묻지. 도와줄 수 있나?"

순간 타유가 한바탕 웃음을 터뜨렸다.

"하하하!"

타유의 갑작스런 웃음에 누각이 흔들리고 잠들어 있던 들짐
승들이 깨어난다. 홍암이 눈살을 찌푸렸다. 과거를 벗었다지
만 살수의 업을 살던 그들에게 소란은 반갑지 않은 일이다.

"뭐가 우스운 거냐?"

"문주께서 정말 많이 변하신 것 같아서 말입니다."

"그게 웃을 일인가?"

홍암이 차가운 노기를 드러낸다. 자신이 조롱당했다고 생각
하는 듯했다.

"두 가지 일이 절 웃게 만드는군요. 하나는 과거의 문주라면
내게 부탁이라는 것을 할 분이 아니었지요. 그저 명을 내릴 뿐
이지. 그런데 도와달라는 말씀을 하시니 이상하게 웃음이 나
오는군요."

"좋아. 네가 그만큼 성장을 했으니 그야 내가 감수해야 할
일이지. 그럼 두 번째 이유는 뭐지?"

홍암이 다른 하나의 이유를 물었다. 그러자 타유가 갑자기
홍암에게 시선을 돌리며 말했다.

"문주께선 참으로 염치가 없으시다는 생각이 들어서요. 웃
음이 나올 정도로. 문주께서 제게 하신 일을 잊으셨습니까?"

드디어 묻어두었던 이야기를 타유가 끄집어냈다. 반드시 거
론해야 할 이야기를 한 것인데 홍암이 마치 예상치 못했던 말

을 들은 듯 당혹한 표정을 짓는다.

"과거를 따지자면 미래를 이야기할 수 없지."

홍암이 무겁게 말했다.

"편리하시군요."

"난 앞을 보고 살아갈 뿐이야."

"사람은 절대 과거에서 자유로울 수 없습니다. 오늘 문주가 날 만나러 오신 것도 그렇지요. 만약 내가 과거 천살문의 살수가 아니었다면 과연 문주가 날 만나러 오셨겠습니까? 이 또한 과거의 인연에 시작된 만남 아닙니까?"

타유의 말에 호암이 대답을 않고 침묵을 지킨다. 그러자 타유 역시 더 이상 입을 열지 않았다. 다시 침묵이 이어진다. 그러나 결국 원하는 것이 있는 쪽에서 침묵을 깨게 마련이다.

"원하는 게 뭐냐?"

홍암이 물었다.

"먼저 듣고 싶군요."

타유는 단 한 걸음도 홍암에게 양보할 생각이 없었다. 일단 그에게 작은 틈을 내주면 홍암은 놓치지 않고 그 틈을 비집고 들어올 것이기 때문이었다.

"날 좀 도와줬으면 한다."

"밀문에 대한 청입니까? 아니면 저 개인에 대한 부탁입니까?"

"음……. 타유 너에 대한 부탁이지."

"설마 밀문을 배신하고 살막에 들라는 말씀이십니까?"

"그런 것은 아니야. 내가 바라는 것은 훨씬… 훨씬 큰일이
지."

"궁금하군요. 밀문을 배신하는 일보다도 큰 것이 무엇인
지."

타유는 진심으로 궁금했다. 밀문과의 경쟁에서 이득을 취하
겠다는 의도가 아니라면 도대체 홍암이 바라는 것이 무엇인지
짐작할 수가 없었다. 그러자 홍암이 나직하면서도 서늘한 기
운으로 말했다.

"난 두어 사람의 목이 필요해."

순간 타유의 눈에 노기가 서린다. 단천마검을 잡은 손에 힘
이 들어간다. 이자는 다시 자신에게 살수의 삶을 살라고 말하
고 있는 것이다. 그러나 노기도 잠시 그가 원하는 자가 누구인
지 궁금해졌다.

"누굴 베길 원합니까?"

"해주겠느냐?"

홍암이 되물었다. 그러자 타유가 망설이지 않고 대답했다.

"물론 해드릴 수도 있습니다. 그러나 과거와는 다르지요.
난 이제 살수가 아니니 말입니다. 상대가 누구인지 알아야 하
고 왜 죽여야 하는지 알아야 하고, 또 천살문의 시절과는 다른
형태의 대가가 필요하지요. 그리고 가장 중요한 것은……."

"말해보아라."

홍암은 타유가 원하는 것은 뭐든지 들어줄 것 같은 표정이
었다.

"이십 년 전, 난주에서 있었던 일이야 이해하지 못할 바는 아니지요. 죽었던 내가 살아왔으니 당연히 앞날을 대비해 날 죽여야 했을 거라 생각합니다. 그건 이해할 수 있는 일이지요. 그런데… 해동에서의 일은 이해할 수가 없군요."

"간단한 문제야. 나로서는 그 늙은 중을 유인할 미끼가 필요했고, 타유 너만큼 그 일을 잘해낼 사람은 없었지. 그래서 너에게 그 일을 맡긴 거야. 너에겐 미안한 말이지만 살수의 업이란 게 다 그런 것 아니겠느냐?"

"그 살행의 방식을 묻는 게 아닙니다. 내가 알고 싶은 것은 도대체 그 살행에서 문주가 뭘 얻었냐는 것이지요. 도대체 해동에는 왜 갔던 것입니까?"

세상의 모든 일에는 원인이 있다. 그 원인을 알게 되면 모든 일의 수수께끼가 풀린다. 타유는 자신이 천살문에서 버려져야 했던 이유, 천살문의 누구라도 인정했던 고금제일살수의 재능을 가지고 있던 타유를 포기할 만큼 대단한 이유가 무엇인지 알고 싶었다.

말하는 이유가 타당하다면 어쩌면 타유는 홍암을 용서할 수도 있었다. 왜냐하면 천살문을 떠난 이후의 삶이 그리 나쁘다고 할 수 없었기 때문이다.

"음……."

그런데 이십여 년이 지난 일임에도 불구하고 홍암은 쉽게 입을 열지 못한다.

"그때의 저를 포기하는 것과 지금의 저를 얻는 것보다도 더

무거운 비밀이라니, 정말 궁금하군요."

타유가 은근히 홍암의 말을 재촉했다. 그러자 홍암이 굳은 표정으로 결심한 듯 입을 열었다.

"좋아. 말해주지. 그러나 이 말을 듣는 순간 너는 또 다른 악연과 인연을 맺게 된다는 것을 명심해야 할 거야."

홍암이 경고에 타유가 빙그레 미소를 짓는다.

"문주와 인연을 맺은 사람이라면 누구든 다른 사람과 악연을 맺는 것을 두려워하지 않을 겁니다. 그것보다 더한 악연은 없을 테니까요."

날선 비난에 홍암이 타유를 노려보더니 던지듯 입을 열었다.

"그때… 그러니까 우리가 해동으로 가기 삼 개월 전에 한 사람이 날 찾아왔었다. 이름은 모르고 단지 성씨만을 밝혔다. 스스로를 왕씨라고 했는데 고려 사람인 듯 보였다. 이후에는 그를 왕 대협이라 불렀고, 지금에 와선 왕 노사라 부르고 있지."

"아직도 그와 인연을 맺고 있단 말입니까?"

타유가 놀란 표정으로 물었다.

"그때의 거래 이후 우린 가끔 필요한 것이 있을 때 서로에게 도움을 주는 관계가 되었다."

"여전히 청부를 받고 있다는 건가요?"

타유가 싸늘하게 물었다.

"오직 그의 청부만!"

홍암이 대답했다. 그러자 타유가 눈을 가늘게 뜨며 말했다.

"그는 문주에게 무척 위험한 사람이군요. 세상에서 여전히 문주님을 살수로 부릴 수 있는 사람은 오직 그 하나일 테니까요."

"맞다. 그는 나에게 큰 도움을 주기도 했지만 또한 내가 가장 경계해야 할 사람이지."

"그가 선승 묵철을 청부했나요?"

"정확히는 그가 아니라 그가 가지고 있는 물건이었다. 그 물건을 가져오기 위해 그 늙은 중을 다른 곳으로 유인할 필요가 있었고, 그 일을 타유 네가 맡은 것이지."

"그가 원한 물건이 뭡니까?"

"글쎄. 나도 그 물건에 무엇에 쓰는 것인지는 잘 모르겠더군. 다만 금보에 쌓인 몇 장의 양피지였는데 그는 내가 그 물건을 늙은 중의 거처에서 가지고 나오자마자 즉시 내게서 그 물건을 건네받았으므로 나도 그게 어떤 물건인지는 아직도 모르고 있다. 아무튼 무척 대단한 물건임에는 틀림없을 것이다. 그가 그 양피지로 만든 서책을 훔쳐내는 대가로 내게 준 것이 바로 흑룡문이니까. 아, 물론 그는 단지 날 흑룡문에 넣어주었을 뿐, 흑룡문을 내 것으로 만든 것은 나의 힘이다."

홍암이 자신의 존재감이 작아지는 것을 용납하지 않겠다는 듯 덧붙였다.

"그가 어떻게 천살문을 알았지요?"

"글쎄. 그건 나도 모르겠다. 그러나 그자가 아주 대단한 힘을 지니고 있다는 것은 분명해. 그간 그를 만날 때마다 내가 놀란 점은 그가 천하에서 일어나는 거의 모든 일을 알고 있다는 것이었다. 그의 앞에 서면 나조차도 마치 발가벗겨진 듯한 느낌이 들 정도였지. 난 그런 그의 힘을 내게 유용한 것으로 만들었지. 덕분에 손쉽게 흑룡문을 접수할 수 있었다."

그러자 타유가 가만히 생각에 잠겼다가 물었다.

"그러니까 결국 문주께서는 나와 그 흑룡문을 바꾼 것이군요."

"그렇다. 부인치 않겠다. 그러나 당시 나로서는 어쩔 수 없었다. 난 정말 살수문의 문주로 평생을 늙고 싶지는 않았어. 그런데… 혈막오류의 그 대단한 세력에 들어갈 수 있는 기회가 눈앞에 다가온 것이다. 그러니 내가 어찌 그 기회를 포기할 수 있겠느냐? 이해할 수 있지 않느냐?"

그러자 타유가 순순히 고개를 끄덕인다.

"이해합니다. 사람이란 결국 욕망 앞에서 누구나 약한 존재니까요."

타유가 한 줄기 미소를 베어 물며 대답했다. 순간 홍암은 다시 한 번 낭패한 기색을 흘렸다. 그는 스스로 욕망을 이기지 못한 보통 인간으로 자신을 낮춤으로서 천살문도들이 느끼는 그 대단한 존재감, 타유를 평생 공포에 떨게 한 천살문주로서의 강력한 위압감을 한 번 더 흐트러뜨렸음을 뒤늦게 깨달은 것이다.

이제 아마도 타유는 자신에게 본능적인 두려움을 느끼지 않을 수도 있었다. 그건 결코 홍암이 원하는 것이 아니었다. 그러나 한 번 흘린 말은 되돌릴 수 없는 법이다.

"그는… 혈막의 사람이겠군요."

타유의 말에 다시 한 번 홍암의 눈이 흔들린다. 그러나 그는 어둠으로 자신의 눈빛을 숨기며 대답했다.

"글쎄. 그리 짐작은 하지만 확실한 것은 아니다."

타유 역시 어둠 속에서 가벼운 미소를 짓는다. 홍암이 왕씨 성을 가진 자에 모든 것을 말해주리라는 기대는 애초부터 하지 않았다. 그러나 그의 대답에서 선승 묵철의 물건을 가져다 달라고 청부한 자가 혈막의 사람임은 능히 짐작하고 남음이 있었다. 그렇지 않다면 어찌 천살문주를 흑룡문에 넣어줄 수 있었겠는가.

아마도 홍암은 그 왕 노사라는 자에 대해 타유에게 말한 바보다 훨씬 많은 사실을 알고 있을 것이다.

"누굴 베길 원합니까?"

타유가 물었다.

"정말 내 부탁을 들어주겠다는 것이냐?"

홍암이 고개를 돌려 타유를 본다.

"부탁을 들어주는 것이 아니라 거래를 하려는 거지요."

타유의 대답에 홍암이 고개를 끄덕인다.

"거래. 좋지, 나 역시 그걸 원했어. 서로 주고받는 것이 있어야 일이 제대로 진행되지. 그래 내가 뭘 해주길 원하느냐?"

"그건 문주께서 어떤 자의 목을 원하느냐에 따라 다르지요."

타유가 대답했다.

"네 자신을 둔 큰 거래는 하지 않겠다는 말이군."

"설마 내가 다시 문주의 사람이 되리라고 기대하셨던 겁니까?"

타유의 말에 홍암이 한참 동안 침묵을 지키다가 무겁게 입을 열었다.

"연은 아직도 혼자다."

순간 타유의 눈빛에서 노기가 흘러나왔다.

"의외군요. 좋은 가문에 시집갔을 줄 알았는데……."

타유가 빈정거리듯 말했다. 이는 평소의 타유의 모습이 아니다. 한순간 빈틈이 반가운 것일까. 어둠 속에서 홍암이 얼굴에 미소를 짓는다.

"그 아이는 널 잊지 못하더구나."

"그런가요?"

"아직 그 여인, 상가장의 여식과 살고 있느냐?"

홍암이 물었다. 과거 난주에서 상목혜를 보호하기 위해 타유가 얼마나 큰 위험을 감수했는지 잘 알고 있는 홍암이다. 그 자신이 만든 함정이 아니었던가. 순간 타유가 서릿발 같은 기운을 흘리며 말했다.

"문주… 늙으셨구려."

타유의 말투가 갑자기 변했다. 그동안 깍듯하던 존대도 사라졌다.

"갑자기 그게 무슨 말이냐?"

뜻밖의 변화에 놀란 듯 홍암이 되물었다.

"예전에 문주께서 이런 가르침을 준 적이 있지요. 사람에겐 누구나 건드리지 말아야 할 역린이 있다. 살행을 할 때는 상대를 방심하게 하는 것이 최선이다. 그런데 많은 살수들이 실수하는 것이 바로 상대의 역린을 건드려 상대의 전의를 승하게 하는 것이다. 그런 의미에서… 문주는 늙으셨소. 자신의 가르침을 스스로 잊었으니. 다음에 봅시다!"

타유가 훌쩍 몸을 날려 누각 아래로 내려섰다. 그러자 홍암이 급히 물었다.

"내가 무슨 실수를 했다는 거냐?"

"문주는 자신의 입으로 목혜를 거론하지 말았어야 했소. 목혜는 죽었소. 당시 난주를 탈출할 때 크게 원기가 상했기 때문이었소. 굳이 그 일을 책임질 사람을 찾자면 바로 문주요. 그런 문주가 목혜를 거론하다니……. 놀랍구려, 예전에는 이런 실수는 하지 않던 분인데. 오늘의 거래는 끝이오. 다시 거래를 하려거든 아마 무척 많은 정성을 기울여야 할 거요. 그리고 거래가 없다면 흑룡문은 나의 시험을 견뎌내야 할 거요."

"네가 흑룡문을 공격하면 살막이 밀문을 공격할 것이다."

"나야 상관없소. 밀문쯤이야 뭐, 목혜에 비하면!"

타유가 심드렁하게 말을 내뱉고는 이내 그 자리에서 사라졌다. 그러자 홍암이 낭패한 기색을 보이며 중얼거렸다.

"낭패구나. 말 한마디 실수로 녀석에게 물러날 기회를 주었어. 정말 녀석의 말처럼 내가 늙었는가! 그러나 타유야, 나는

네가 누구인지 알고, 네가 있는 곳을 알고 있으니, 우리의 거래
도 계속되리라."

차가운 강바람이 불어온다. 타유가 잡고 있던 단천마검의
손잡이를 놓았다. 그러자 그의 몸을 차갑게 경직시켰던 단천
마검의 냉기가 한순간에 흩어졌다.

"후욱!"

타유가 긴 숨을 내쉬었다. 근육과 함께 마음도 긴장을 풀었
다. 단천마검의 힘을 빌리기는 했지만 천살문주 홍암을 제대
로 상대한 것에 안도감이 밀려온다. 어쩌면 이번 기회로 그에
대한 두려움을 모두 걷어낼 수 있을지도 모른다는 생각도 들
었다.

'그러나 단천마검 없이도 가능할까?'

타유가 흐릿한 달빛이 비추는 강물을 보며 생각에 잠겼다.
오늘 그는 천살문주가 과거의 그가 아님을 분명히 확인했다.
그도 사람이고 실수를 한다는 것도 깨달았다.

아니, 어쩌면 천살문주 홍암은 변한 것이 없을지도 몰랐다.
변한 것은 타유 자신일 수 있었다. 사람이란 자신이 변한 것을
깨닫지 못하고 상대가 변했다고 생각하곤 하니까.

하지만 누가 변했든 그건 중요한 것이 아니다. 타유가 천살
문주 홍암을 견뎌낼 수 있었다는 것, 그것이 중요했다. 원초적
공포가 사라진 것은 아니다. 과거는 치유될 수 있어도 그 흔적
은 남게 마련이어서 완전한 극복을 불가능할지도 모른다.

그러나 그 상처가 더 이상 앞으로의 행보에 영향을 미치지 못한다면 상흔이야 남아도 그리 중요치 않다. 앞으로의 일이 중요할 뿐이다.

"다시 찾아오겠지."

타유가 중얼거렸다. 그는 천살문주 홍암을 안다. 홍암은 한 번 눈에 들어온 사냥감을 쉽게 포기할 사람이 아니다. 한 번의 실수로 오늘 타유와의 거래가 틀어지기는 했어도 이렇게 쉽게 물러날 홍암이 아니다.

서로의 관계가 어찌 되었든 타유도 홍암도 모두 인정하는 것은 타유가 세상의 그 어떤 살수보다 뛰어난 살수라는 사실이다.

살수로서의 삶을 이십 년이나 묻어두었지만, 그사이 타유의 무공은 과거와는 비교할 수 없을 만큼 진보했으니 살수로서도 더욱 무서워졌을 타유다. 그런 타유를 홍암이 포기할 리 없다.

"어쩌면 장주… 다시 찾아온다면 그건 장주의 실수가 될지도 모르오."

타유가 중얼거렸다. 그런데 그때였다. 갑자기 그의 등 뒤에서 인기척이 느껴졌다.

'장주가 이렇게 성급할 리가 없는데…….'

타유는 내심 의아한 생각이 들었다. 등 뒤에서 다가오는 기운은 살기, 홍암이 자신에게 살검을 들이밀기에는 너무 이르다.